我在孔庙
读经典

在《诗经》中涵养美德

杭州西湖国学馆
杭州市文物遗产与历史建筑保护中心
编著

红旗出版社

"我在孔庙读经典"编委会

主　　编：金霄航　　周媛媛

副 主 编：段　虹　　王筱杰　　方　琦　　姚　瑶

编　　委：胡　骁　　连珏艳　　赵丽君　　郎爱萍

　　　　　王晨晨　　谢亚玲　　杜莹莹　　韩亚凤

　　　　　周子易　　言　妍　　金　晓　　高　艳

支持单位

上城区政协文润童心委员工作室

编者有话

南宋太学石经之《诗经》

《诗经》是一本什么样的书？

《诗经》，是中国最早的诗歌总集，相传为孔子所编订。《诗经》收集了西周初年至春秋中叶的诗歌，共311篇（其中6篇为笙诗。笙诗只有标题，没有内容）。

《诗经》的名字是怎么来的？

在孔子生活的时代，《诗经》被称为《诗》或《诗三百》。

由于秦始皇焚书坑儒，至汉代保存下《诗经》的仅有四家：鲁人申培所传的《鲁诗》，齐人辕固所传的《齐诗》，燕人韩婴所传的《韩诗》，鲁人毛亨、赵人毛苌传下的《毛诗》。其中前三家都先后失传，我们现在读的《诗经》，便是《毛诗》。

汉代，汉武帝"罢黜百家，独尊儒术"，将孔子所整理过的书称为"经"，《诗》也被朝廷正式奉为儒家经典，于是有了《诗经》之名，并沿用至今。

《诗经》有哪些内容？

《诗经》分为风、雅、颂三个部分。

■ 风，包括十五国风，共160篇，主要为地方风土歌谣。

■ 雅，包括《大雅》31篇、《小雅》74篇，主要为王畿之乐。王畿，指王城周围千里的地域。雅，有正的意思。由于当时把王畿之乐看作是正声，即雅正的音乐，故以此为名。

■ 颂，包括《周颂》31篇、《商颂》5篇、《鲁颂》4篇，主要为宗庙祭祀音乐。

《诗经》的作者是谁？

除了周王朝中央地区产生、流传的乐歌，那些各诸侯国的歌谣是如何汇集过来的呢？

一种说法是"采诗说"，认为周王朝派专门的采诗人到民间搜集歌谣，晓民情、观风俗、知得失。据说，周代设有采诗的专官，叫作"遒人"或"行人"，到民间采诗。

另一种说法是"献诗说"，认为各国的歌谣是在天子巡狩时由诸侯献给天子的。

总之，无论是通过什么途径采集，这些歌谣最后在周王室的乐官那里，被逐渐收集保存下来。经过加工整理，这些诗歌的形式、语言逐渐成为大体一致的样子。

《诗经》讲了哪些事？

《诗经》中的诗篇反映了现实的世界和日常的生活与经验。

其中有婚恋、家庭之诗，如《关雎》《南山》；

有交友或宴请之诗，如《木瓜》《鹿鸣》；

有活泼的劳动之诗，如《芣苢》《十亩之间》；

有送别或思念之诗，如《二子乘舟》《采葛》；

有残酷的战争之诗，如《击鼓》，或同仇敌忾的战争之诗，如《无衣》；

有感叹国家兴亡盛衰之诗，如《黍离》；

有美好的赞颂之诗，如赞美高大威猛的仁善猎人的《卢令》，赞颂品行高洁、生活快乐的隐士的《考槃》，赞美为天子管理鸟兽的小官吏或猎人的《驺虞》，赞颂周文王的《思齐》；

有充满希望的祈祷、祝愿之诗，如祈祷多子多孙的《螽斯》，祈祷幸福美满婚姻的《桃夭》；

有祭祀的祭歌，如《丰年》；

……

在《诗经》中感知人际和乐，学做谦谦君子

南宋太学石经之《诗经》

在漫长的人生路上，我们会遇到很多不同的人；从小家庭到大社会，我们也会面对很多不同场合和情境。学会真诚地与人相处，是非常重要的。

亲人、朋友、师长、榜样……他们与我们一同收获美好的感情，也帮助我们成为更好的自己。尊重、感恩、公正、诚实、友善……良好的精神品质和行为习惯，将让我们受益终身。

在本册的旅途中，我们将通过四首与人相关的诗歌，感受《诗经》的人际和乐，学做谦谦君子。

选给孩子们的诗

《诗经》的内容丰富多样，我们挑选出富有代表性的篇目，篇目选择标准主要立足于以下三点：

1. 贴近孩子的接受能力。多倾向语句简短、音韵和美、内容单纯、情感明晰的篇章。

2. 有助于孩子的健康情感养成。带领孩子们感知世界，理解人世，习养礼仪，学会深入思考问题。

3. 内容尽量多元。既有缠绵悱恻的阴柔伤怀之作，也有正大雄强的阳刚慷慨之诗，让孩子们能获得多种文化熏陶。

序

杭州孔庙是宋元明清四朝府学所在地，曾在1142年被增修为南宋最高学府——太学，在杭州历史上具有重要地位。自2008年复建开放以来，杭州孔庙依托丰富的馆藏碑刻资源，与杭州西湖国学馆一起探索实践，持续推出针对青少年启蒙教育的系列生动课堂，深受孩子们的喜爱，也颇得家长们的好评。现将系列启蒙教育的部分成果加以整理，以期让更多的家庭共飨优秀传统文化的精华。

"我在孔庙读经典"系列图书以传统经典为核心内容，从诵习经典入手，穿插天文地理、鸟兽虫鱼、礼仪习养、文字文学、历史风俗等多模块知识，为小读者提供丰富有趣的文化体验。

在杭州孔庙读经典，与您一起慢慢推开通往中华优秀传统文化的大门。

我们首选《诗经》的内容作为该系列的起始篇，是因为《诗经》不光是先秦社会生活百科全书，同时也是蒙学著作，为孔夫子所重视。《论语》有云："不学诗，无以言。"孔子常常引用《诗经》的原文来引导学生。

《诗经》的内容延至后世，至今日，其教导意义更为丰富。"诗"可以培养孩子"兴（联想）""观（观察）""群（交友）""怨（评论）"等多方面能力，教授孩子草木鸟兽之名和优良礼仪，从而引导孩子形成君子品格。

品读经典，感悟古人眼中的万物与自然，领悟中华民族优秀传统文化。让孩子们在经典中获得些许艺术熏陶与心性培养，便是我们编者的初心。

金霄航

目录

《淇奥》 02

《凯风》 10

《菁菁者莪》 18

《鹿鸣》 28

附录 36

古人如何与他人相处？

文字记录下了哪些动人的情感联结？

又有哪些品质值得我们学习？

一起在字里行间追寻这穿越千年的脉动吧！

《淇奥》

国风·卫风·淇奥（节选）

瞻彼淇奥，绿竹猗猗。

有匪君子，如切如磋，如琢如磨。

瑟兮僩兮，赫兮咺兮。

有匪君子，终不可谖兮。

字词注释

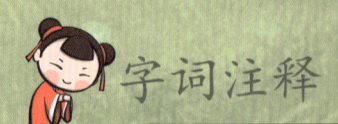

瞻：看。

淇：淇水。奥：即"隩"或"澳"，水边弯曲的地方。

猗猗：美好茂盛的样子。

匪：通"斐"，指君子有文采、有才华。

切、磋、琢、磨：古代加工骨牙器、玉石器的不同工艺。

切，切制。磋，打磨。琢，雕刻。磨，磨光。

瑟：矜持庄重的样子。僩：有威严的样子。

赫：德性光明的样子。咺：心胸坦白宽广的样子。

谖：忘记。

今译

淇水弯弯流，绿竹多婀娜。

文雅好君子，切磋治文采，琢磨炼修养。

庄严又威武，光明又坦荡。

文雅好君子，我心永难忘！

这是一首盛赞君子的诗篇。

淇水岸边，青竹茂盛一片。有一位君子，不光仪容举止文雅端庄，还精益求精修习学问和德行。他庄严威武、光明坦荡，是那样受人爱戴，令人难以忘怀。

我们一般认为这首诗的主人公就是卫武公。相传，卫武公治国有方，而且在九十五岁高龄的时候，还没有放弃学习，并且让他的国人一定要直言进谏，时刻保持警戒自省。所以人们用象征美好品德的绿竹来赞美他。这首诗也被后世不断引用，赞美品德高尚之人。

绿竹

"瞻彼淇奥，绿竹猗猗。"

绿竹　选自《诗经名物图解》

竹子外形修长挺拔，由许多小节构成，节与节之间中空，韧性十足，会随风摇动但不易折断，四季青翠。

竹子有很多功用，经过加工处理，它可以变成人们生活中的家具、农具，甚至造纸原料，种类繁多，样式无数；它的叶子可入药，具有清心降火的功效；竹笋更是中国人极喜爱的餐桌美食。

竹子还在地下时生长异常缓慢,从扎根到破土而出,一般需要三到五年的时间。不过一旦它冒出地面,再淋一阵春雨,就会以极快的速度向上猛长。这大概就是对"厚积薄发"最好的诠释吧。

竹与君子

〔北宋〕苏轼《潇湘竹石图》 中国美术馆藏

竹子的形象，被古往今来的人们赋予了丰富的人文内涵，获得无数称誉，赞诗广为流传。

一千七百多年前，东晋名士王徽之曾说："何可一日无此君？"希望自己每天都能欣赏到绿竹的风姿，否则就觉得生活中缺点什么。

宋代大文豪苏轼也曾写诗叹道："可使食无肉，不可居无竹。无肉令人瘦，无竹令人俗。人瘦尚可肥，士俗不可医。"意思是说，宁可不吃肉，也不可居住在没有竹子的地方。苏轼简直是一个"竹痴"啊！

> 喜爱竹子的人，可不止他们两位。为什么中国人如此偏爱竹子呢？你能总结出竹子的哪些优秀品质？

切磋琢磨

"如切如磋，如琢如磨"

《淇奥》大致是一首赞美卫武公的诗。相传，卫武公在九十五岁高龄的时候，还没有放弃学习，并且让他的国人一定要直言进谏，时刻保持警戒自省，所以人们用象征美好品德的绿竹来赞美他。

正是如此，我们汉语中有一个成语叫"如切如磋，如琢如磨"，说明人要变得美好，就需要不断打磨、修炼自己。

人们在交流或是思考的时候，经常会用到"切磋"和"琢磨"这两个词。

实际上，切、磋、琢、磨的含义在最开始各有指代，是对不同材料的加工工艺。具体来说，古时候"切"指加工骨头，"磋"指加工象牙，"琢"指加工玉石，"磨"指加工石头。

后来也有人说"切磋琢磨"就是泛指玉石器的加工过程。总而言之，由于加工器物需要反复打量思考和精雕细琢，"切磋"和"琢磨"也就常用来形容与别人互相研讨与勉励、不断磨砺自身学问和品德的行为。

小朋友们，你们想要成为这样如玉般经过不断打磨变得更美好的君子吗？

> 持续学习，终身学习，就是一种途径，能够让我们越来越有光泽哦。

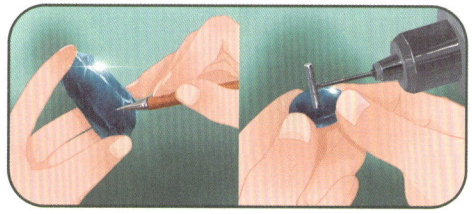

治玉

| 原石 | 锯割 | 琢磨 | 完成 |

经过以上这些步骤，一件精美的玉器就问世了！

古人看到青翠挺拔的竹子，一下子就想到了他们敬爱的君子，不由得感慨万千、钦慕不已。君子似竹，古往今来的贤人才俊留下无数佳话，赋予了草木更丰厚的文化意义；竹似君子，人们也不断从草木身上学习美德，修炼着自身的品质。这是一首对榜样的赞歌，也是对自我磨砺的鼓舞。

"如切如磋，如琢如磨。"无论是玉石还是人，都需要不断打磨修炼，向更好的自己出发。对我们来说，持续学习就是一种很好的途径。

你可以试着这样做：

☐ 在父母陪伴下，试着亲自动手做一件简单的工艺品，体验切磋琢磨的工艺。

☐ 向榜样学习，列出自己的小目标，制订"谦谦小君子"磨砺计划。比如：养成每天读书的好习惯，七天改掉一个不礼貌的坏习惯，等等。

《凯风》

国风·邶风·凯风

凯风自南，吹彼棘心。棘心夭夭，母氏劬劳。
凯风自南，吹彼棘薪。母氏圣善，我无令人。
爰有寒泉，在浚之下。有子七人，母氏劳苦。
睍睆黄鸟，载好其音。有子七人，莫慰母心。

字词注释

凯风：指南风。凯，和乐、和煦。

棘心：酸枣树的嫩芽。

夭夭：树木嫩芽茁壮的样子。

劬劳：劳苦。

棘薪：酸枣树长大后可以做薪，即柴火。

令人：能人、善人。

爰：发语词。

浚：卫国的一个城邑。

睍睆：婉转的鸟鸣声。也有人说是形容羽毛美丽。

今译

暖暖和风南方来,吹拂酸枣小嫩芽。小小树芽嫩又壮,母亲养育好辛劳。
暖暖和风南方来,吹拂棘树可做柴。母亲明理又慈祥,孩儿有愧不成材。
泉水冰冷寒彻骨,还能滋润那浚城。养育儿女七个人,不能缓解母辛劳。
黄鸟漂亮歌婉转,还能让人心欢愉。养育儿女七个人,没能安慰我母心。

这是一首孩子颂扬母亲并感到自责的诗歌。

温暖的南风阵阵吹来,酸枣树上的小嫩芽在暖风中茁壮生长,日渐成材。这多像我们的母亲,辛勤哺育着儿女从小小婴孩长大成人,日日操劳、不曾停歇。一想到母亲春风化雨般的养育之恩,孩子深觉母爱伟大,也不禁感到无以回报、惭愧不已。

诗歌朴素的语言流露着真诚的情感,尤为动人。妈妈的爱,总是我们心底最温暖、最柔软的部分。通过诗歌的学习,试着关注并体恤母亲的辛劳,献上你最真挚的爱意吧!

中国人特别重视"孝道",自古便有"以孝治天下""百善孝为先"等种种说法。父母对孩子慈爱,孩子对父母孝顺,家庭和美,社会安定。

父母心中孩子最重,给予其无尽的关爱,就如诗中所说充满"劳苦"与"劬劳";而孩子受到父母的疼爱,也会尽己所能增长本领,报答父母的养育之恩,就如诗中对母亲的体恤与感激。所以,父母与孩子之间的感情是相互的、温暖的、最有力量的。

中国人对"孝"的重视也投射到对自然生灵的观察上。古语有言："鸦有反哺之义，羊知跪乳之恩。"

据说，小乌鸦被哺育长大后，老乌鸦日渐老去，难以独立觅食，小乌鸦就会反过来四处寻找食物，衔来喂到母亲口中。小时你护我，长大换我护你。老护幼，幼爱老，反哺之情令人动容。小羔羊也像是明白母亲的哺乳之恩似的，总是跪着喝奶。

下面我们选择两则古代诗文典故，一起来看看父母与孩子都是怎么做的吧！

孟母三迁

昔孟母，择邻处。——《三字经》

在孟子三岁那年，他的父亲去世了，母亲将他拉扯大。他的母亲极其重视孩子的教育，一心一意将他培养成材。

一开始，孟子家住郊外的墓地旁，三天两头就有送葬的队伍路过，孟子便时不时学样，做些死人下葬的游戏。孟母立刻意识到这里不适合孩子居住，于是搬家到城里集市旁。但闹市门口从早到晚有杀猪声、打铁声、叫卖声，声声入耳，不利于学习。于是孟母又把家搬到了学宫对面。这一回孟母对孩子的居所环境十分满意。经过耳濡目染、系统学习，加上自身的勤奋刻苦，孟子最终成为一代大儒，被后世尊为仅次于孔子的"亚圣"。

游子春晖

游子吟

〔唐〕孟郊

慈母手中线,游子身上衣。

临行密密缝,意恐迟迟归。

谁言寸草心,报得三春晖。

　　游子离开家的前一晚,慈祥的母亲在昏暗的油灯下,一针又一针地为即将出远门的孩子缝制衣服。每一针都饱含着母亲对孩子的牵挂和祝福,希望孩子出门在外能够平安顺利,并且早早回家。

　　游子看到此情此景,非常有感触,觉得母亲的恩情就像春天的太阳一样光明,而自己就如一棵受到照拂的小草,微弱的心意远远报答不了母亲春晖般的情意。

无论是古代还是当今、中国还是外国，人们都毫不吝惜地用最真诚动人的话语在诗词、歌曲中表达对妈妈的深厚情感，《凯风》可以说是其中最原始、最经典的篇目之一了。母亲抚育我们长大是那样辛苦劳心，我们也总想回报给母亲更多的幸福与快乐。妈妈对我们的爱，和我们对妈妈的爱，就像海洋那样宽广又深沉。这份情感超越时空，贯穿每个人的一生。

"谁言寸草心，报得三春晖。"妈妈为我们、为家庭付出了无数心血。做一些力所能及的事，表达对妈妈的爱吧！

你可以试着这样做：

☐ 自己的事情自己做，能做的家务帮着做，减轻妈妈的负担。

☐ 好好学习，天天向上，让妈妈少操心。

☐ 为妈妈捶捶背、捏捏肩，给她一个大拥抱，抚慰妈妈辛劳的身心。

☐ 亲手制作礼物送给妈妈，表达你的爱……

《菁菁者莪》

小雅·菁菁者莪

菁菁者莪，在彼中阿。既见君子，乐且有仪。

菁菁者莪，在彼中沚。既见君子，我心则喜。

菁菁者莪，在彼中陵。既见君子，锡我百朋。

泛泛杨舟，载沉载浮。既见君子，我心则休。

字词注释

菁菁：繁盛的样子。

莪：植物，指萝蒿。

中阿：是"阿中"的倒装。阿，大丘陵。

有仪：有礼仪。

中沚：即"沚中"。沚，水中小洲。

中陵：即"陵中"。陵，山陵、大土山。

锡：通"赐"。

百朋：许多货币。

休：喜乐的样子。

今译

萝蒿葱茏真茂盛,生长在那山坡上。终于见到好君子,和乐美好有礼仪。
萝蒿葱茏真茂盛,生长在那小洲上。终于见到好君子,我的心中真欢喜。
萝蒿葱茏真茂盛,生长在那山陵中。终于见到好君子,赐我钱币千百朋。
杨木小舟水中漂,随波逐流任沉浮。终于见到好君子,我心欢喜乐无忧。

这是一首乐见君子的快乐歌谣。

明山秀泽,萝蒿满地。诗人见到了敬慕的君子,心中既敬佩又欢喜。要不是见到了君子,自己可能还如小舟一样沉浮不定呢。

这首诗的主旨历来有很多说法:很多人认为这是在赞颂培育人才之事,茂盛的萝蒿有如君子栽培的济济英才,优秀的学子们则对君子表达了深深的敬慕感激之情;有人进一步阐发说这是天子或贵族宴请优秀学子的乐歌;也有人说这讲的是爱情故事。无论如何,我们可以确定这首歌谣表达了见到想见之人的快乐之情,好朋友、好老师、好榜样都可以是唱诵的对象。

莪

"菁菁者莪"

莪 选自《诗经名物图解》

莪，就是萝蒿，也称抱娘蒿，是我国常见的一种草本植物，生长在河边、山坡和田野上。它的根系十分发达，抱根丛生，就像黏人的小孩子抱着父母一样，所以又叫抱娘蒿。

它的叶子尖细，鲜嫩茂密，是一种可口的野菜，可以蒸着吃，同时也可以入药。

蓬蒿

蓬蒿　选自《诗经名物图解》

古人借景抒情、以物喻人的例子比比皆是。除了萝蒿，我们还找到它的同类"小伙伴"——蓬蒿。它在古人的文章中经常出现，又代表着什么呢？

与蓬蒿有关的诗,最有名的莫过于这句:

仰天大笑出门去,我辈岂是蓬蒿人。
——〔唐〕李白《南陵别儿童入京》

在大诗人李白这句豪气万丈的诗中,"蓬蒿"的意义显得格外有趣。

"蓬蒿"是什么？一般认为是蓬草和蒿草，泛指草丛、野草。

庄子在《逍遥游》中提到过"蓬蒿"："（斥鹦）翱翔蓬蒿之间。"讲的是小鸟笑话大鹏要飞到那么远的地方去，说自己在蓬蒿丛中翱翔也是飞行的极致了。蓬蒿之所，在这里也有了更丰富的文化意味。

"蓬蒿人"，可以理解为草野之人。人们说"不做蓬蒿人"，是不希望自己成为胸无大志、没有作为之人；但在有些语境下，人们也以蓬蒿人自居，其实是在谦虚地表达自己才能尚浅，还不能登堂入室之意；有时，这个词被用来形容隐士的作风呢。

古代学校——辟雍

孟子说"人生有三乐",其中第三乐便是"得天下英才而教育之"。

在《菁菁者莪》问世之后的两千多年里,人们基本认为这是描写君子培育人才的场景,后代也一直以"菁莪"一词作为培育贤才的典故。

从这个主旨理解,这首诗从学子的视角出发,为我们展现了君子的人格魅力和学习的快乐。而这个故事还很可能发生在古代的大学所在地——辟雍。

相传辟雍四面环水,四个方位各有不同的名称和教学功能。

东室称东序,学干戈羽籥(yuè)的地方;

西室称瞽宗,演习礼仪的地方;

南室称成均,学乐的地方;

北室称上庠,学书的地方。

辟雍，最早是西周时期天子为教育贵族子弟而设立的大学。

为什么叫"辟雍"？

"辟雍"也叫作"璧雍"，表达的正是这座建筑的外形。湖水环绕在学宫四周，清澈透明，形成圆形，犹如一块无瑕的玉璧。"辟"代表玉璧状，"雍"代表水泽。"辟雍"这座大房子就建在上面，是玉璧的中心。

什么人在里面？在里面做些什么？

"辟雍"是周王朝的最高学府，设在王城，四面环水，是贵族子弟学习礼仪、诵诗、音乐、舞蹈等技艺的地方，后世成为举行许多国家重大仪式的场所。

"辟雍"是西周天子设立的大学，而"泮宫"则是西周诸侯郡国所设的大学。这些制度在后世被保存下来，所以古人称孩子开始上学为"入泮"。

"既见君子，我心则喜"，遇到知音、良师或是爱人，我们心中都会生发出最简单、最诚挚的喜悦。生活中，若是结识了好朋友，或者是遇到了欣赏自己的好老师，不妨用这首千年的诗歌来表达自己心中的喜悦吧！

你有非常崇拜的好榜样吗？你崇敬他（她）的理由是什么？你可以试着这样表达：

☐ 我敬佩的人是 _____。因为他（她）_____
_____。

（举出三个理由）

☐ 如果我见到他（她），我会_____，并且对他（她）说："_____。"

☐ 我做了不少努力，向他（她）学习或是获得他（她）的认可，比如_____。

《鹿鸣》

小雅·鹿鸣

呦呦鹿鸣,食野之苹。我有嘉宾,鼓瑟吹笙。

吹笙鼓簧,承筐是将。人之好我,示我周行。

呦呦鹿鸣,食野之蒿。我有嘉宾,德音孔昭。

视民不恌,君子是则是效。我有旨酒,嘉宾式燕以敖。

呦呦鹿鸣,食野之芩。我有嘉宾,鼓瑟鼓琴。

鼓瑟鼓琴,和乐且湛。我有旨酒,以燕乐嘉宾之心。

字词注释

呦呦:鹿鸣叫的声音。

苹、蒿、芩:都是鹿吃的植物。

簧:笙中的舌片,也指代笙。

承:捧上,奉送。筐:盛币帛的竹器。将:进献。

好:爱。

周行:大道,正道。

德音:好品德,好声誉。孔:很。昭:明。

视:古"示"字。恌:同"佻",轻薄。

则、效:效法。

式:语助词。燕:通"宴",宴饮,宴请。敖:遨游,逍遥。

湛:通"耽",尽兴。

燕:假借为"安",形容词使动用法;安逸,安乐。

今译

群鹿呦呦叫,爱吃地上苹。我有好宾客,弹瑟吹笙簧。

弹瑟吹笙簧,币帛盛满筐。大家对我好,展示好主张。

群鹿呦呦叫,爱吃地上蒿。我有好宾客,盛名真昭昭。

为人不轻佻,君子来仿效。我备好美酒,邀请宾客乐逍遥。

群鹿呦呦叫,爱吃地上芩。我有好宾客,弹瑟又弹琴。

弹瑟又弹琴,和乐来尽兴。我备好美酒,宴请宾客乐其心。

这是一首主人宴请宾客的宴会诗。

诗歌从鹿的鸣叫声写起,呦呦之声,寥寥几笔,就仿佛让我们看到:在静谧的原野上,一群小鹿正在悠闲地吃着野草,它们不时发出呦呦的鸣叫声,呼朋引伴,分享美食。和鹿群一样,人们也会相聚在一起,分享佳肴和好的想法。诗歌接着叙写了盛大的宴会场景:主人热情好客,宴会乐音飘飘;客人品德高尚,向主人展示至善之道。宾主觥筹交错,相聊甚欢,人们快乐的声音传向远方。

全诗洋溢着和乐美好、正大典雅的气氛!

鹿

"呦呦鹿鸣"

鹿 选自《诗经名物图解》

可爱的小鹿们不仅叫声悦耳，而且样貌可人。小鹿有哪些惹人喜欢的特点呢？

它有一对美丽的角呈树杈形，如皇冠一般尊贵优雅。有无鹿角也是区分雄鹿和雌鹿的标志。

它有一双细长的腿，跳跃起来轻盈有力，身形矫健，举止优雅。

它是草食性动物，吃草、树皮和嫩枝叶，性格温顺。

它喜欢群居，一起出行，共同分享食物。

鹿的文化象征

优雅灵动的鹿，是中国人心中具有灵气的仙兽，代表着美好、长寿和仁善。神话中仙人下凡往往骑着鹿出现。古诗文中更不乏鹿的美好形象。

在印度佛教故事中，还有九色鹿的传说。我国的敦煌壁画也描绘了这个故事。善良又有神通的九色鹿乐于助人，经常帮助人和动物脱离险境，不料却被心术不正之人盯上，九色鹿不顾自己生命安危而教化人们要一心向善，最后飘然而去。

〔宋〕佚名《仙岩寿鹿图》 台北"故宫博物院"藏

福禄的象征

"鹿"与"禄"谐音，在民间有时也寓指"俸禄"。

鲁迅先生在《从百草园到三味书屋》中写道：

"（先生家的书房）中间挂着一块扁道：三味书屋；扁下面是一幅画，画着一只很肥大的梅花鹿伏在古树下。没有孔子牌位，我们便对着那扁和鹿行礼。"（"扁"现在写作"匾"）

三味书屋为什么挂鹿画？学生为什么对着鹿行礼？其实"肥大的梅花鹿伏在古树下"，正意味着丰厚的俸禄，象征着"学而优则仕"。

在吉祥画中，常有"福禄寿"的说法，即是用象征福气的"蝙蝠"、象征利禄的"梅花鹿"、象征长寿的"仙桃"共同表达福、禄、寿的含义。

权力的象征

鹿还象征"政权"。鹿是古时狩猎的对象,人们在对权力的追逐中联想到了逐鹿的场景。

秦朝末年的蒯通说:"秦失其鹿,天下共逐之,于是高材疾足者先得焉。"其中的"鹿",喻指的就是秦朝政权。所谓"鹿死谁手""逐鹿中原"都是这方面的意思。

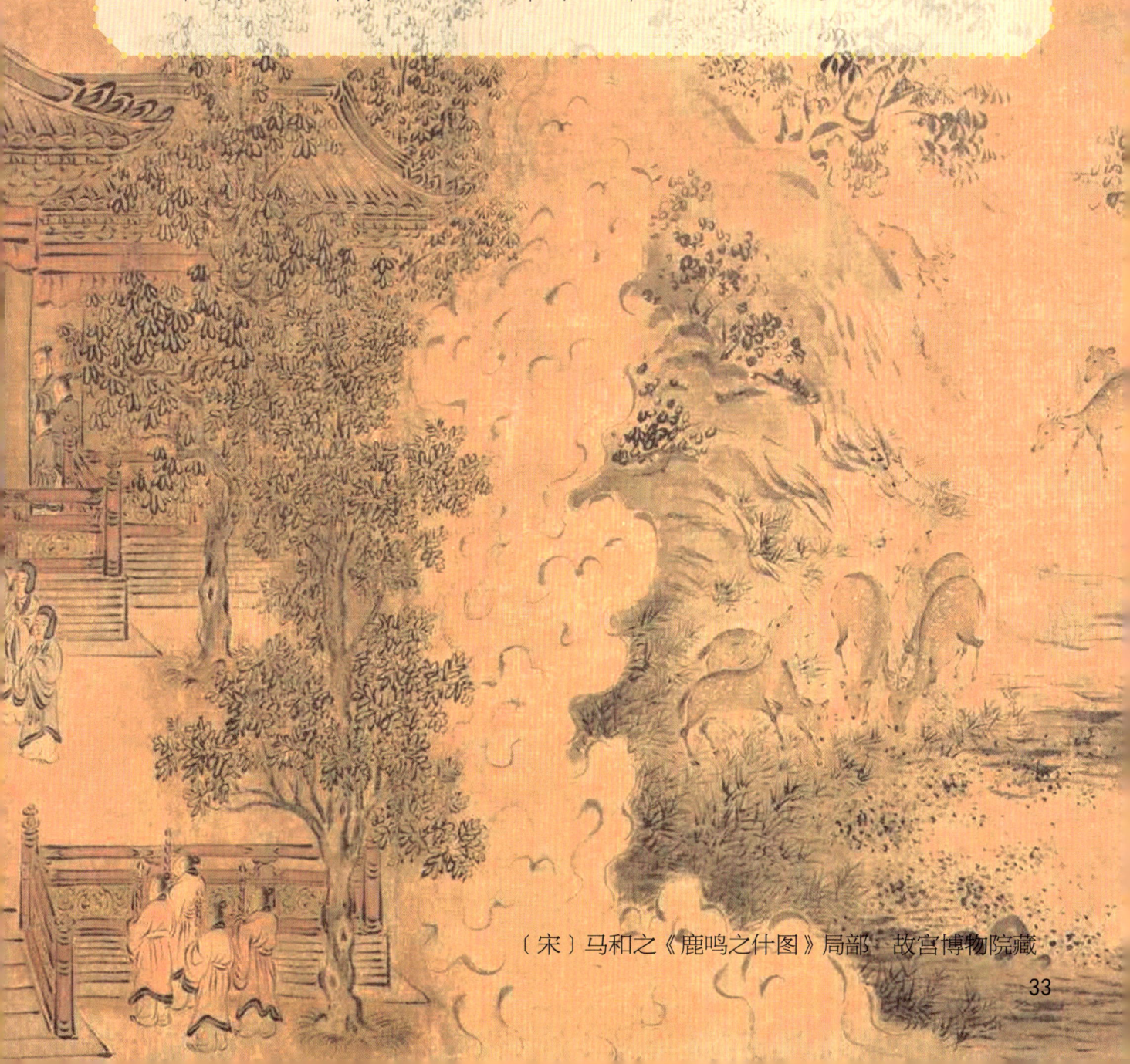

〔宋〕马和之《鹿鸣之什图》局部 故宫博物院藏

通常认为,《鹿鸣》是一首贵族款待嘉宾,或是君王宴请群臣的乐歌。在中国古代贵族的礼乐教育中,《鹿鸣》是需要重点学习的篇目,它也是后世外交场合、宴请宾客的经典名曲呢!生活中我们也依然可以通过各类聚会活动来加深对诗的理解。

诗中的主人为宴会准备好了丰盛的美食、优美的音乐,还有丰厚的礼物相赠。乐于交友的我们,不如也来准备一场快乐的小型聚会吧!你将需要做哪些准备呢?

你可以试着这样准备：

☐ 制作邀请函——诚挚邀请你的好朋友们来参加你的派对。

☐ 布置环境——准备一些气球、彩带或鲜花等装饰物装扮场地。

☐ 打扮自己——给自己挑选一身美丽帅气的服饰。

☐ 准备音乐——选一些你和朋友们都比较喜欢的音乐来烘托气氛。

☐ 准备佳肴——准备菜品、饮料、水果和点心等。

☐ 畅聊分享——可以分享自己的才艺，也可以找一些好玩的话题聊聊天，不要吝啬赞美朋友的优点，一起相互鼓励吧。

☐ 伴手礼——给朋友们准备一份有纪念意义的小礼物。

☐ 留影纪念——可以用摄影摄像的方式记录这一次欢乐的聚会。

> 开展聚会要量力而行，并且尽量自己的事情自己做，不要给爸爸妈妈增加太多负担，也不可以太浪费哦！聚会的成功与否不在于是否盛大，而在于是否真心诚意。

附录

几点说明

1. 诗无达诂

在离《诗经》编成年代不远的汉代就已有"诗无达诂"的说法，意思是《诗经》没有确切的释义，常常因人因时产生不同的意思。古往今来对《诗经》的解读数不胜数，因而很难说有标准释义。本系列读物的解诗原则如下：以古今重要注解和研究著作为本，听取学术顾问的建议，在不违背诗义大方向的前提下，**以适合孩子、适宜引导、贴近生活为标准**作阐释和延伸。若与其他教材和读物有所出入，在严谨性前提下，读者们可包容兼听。

2. 部分读音

汉字的读音在漫长的发展过程中早已有了好几轮的变化，这也经常引起争议。本系列读物的注音基本选取学术界广泛认可的读音，部分有争议处在注释里标出，正文注音的选取标准是便于孩子理解或是和当下教科书一致。部分字词的释义也是同样。

3. 名物争议

《诗经》中有大量鸟兽草木虫鱼之名，有很多在今天已难以分辨究竟为何物。本书在文化拓展部分的名物插图，大部分选自绘制精美的彩绘古籍《诗经名物图解》（日本江户时代的儒学者细井徇撰绘），可作为参考。对有明显争议的名物，我们也在文中有所说明。大可让孩子们在事实的基础上发挥想象力，多多探索可能的世界。其他插画均是根据诗意所绘的参考示意图，便于孩子阅读和理解；还有少量图片选用了合适的公开资料。

图书在版编目（CIP）数据

在《诗经》中涵养美德 / 杭州西湖国学馆，杭州市文物遗产与历史建筑保护中心编著. -- 北京：红旗出版社，2024.8. --（我在孔庙读经典）. -- ISBN 978-7-5051-5426-1

Ⅰ．I222.2

中国国家版本馆CIP数据核字第20244JN439号

书　　名	在《诗经》中涵养美德	
编　　著	杭州西湖国学馆　杭州市文物遗产与历史建筑保护中心	

责任编辑　丁　銎　　　　　　　　　　丛书名题字　陈雷激
责任校对　郑梦祎　　　　　　　　　　装帧设计　高　明　谢敏婕
责任印务　金　硕
出版发行　红旗出版社
地　　址　北京市沙滩北街2号　　　　邮政编码　100727
　　　　　杭州市体育场路178号　　　　邮政编码　310039
编 辑 部　0571-85310806　　　　　　发 行 部　0571-85311330
E－mail　rucdj@163.com
法律顾问　北京盈科(杭州)律师事务所　钱　航　董　晓
图文排版　浙江新华图文制作有限公司
　　　　　杭州市拱墅区翼宝展示设计工作室
印　　刷　浙江新华印刷技术有限公司
开　　本　889毫米×1194毫米　　　　　1/16
字　　数　45千字　　　　　　　　　　印　　张　3
版　　次　2024年8月第1版　　　　　　印　　次　2024年8月第1次印刷
ISBN 978-7-5051-5426-1　　　　　　　定　　价　29.00元